Kleiner Eisbär
wohin fährst du?

Eine Geschichte mit Bildern von
Hans de Beer

Nord-Süd Verlag

Deutscher Text: Brigitte Hanhart.

© 1987 Nord-Süd Verlag AG, Gossau Zürich und Hamburg
Alle Rechte, auch die der Bearbeitung oder auszugsweisen Vervielfältigung,
gleich durch welche Medien, vorbehalten. Lithographie: FBS – Findl. Baumann
und Semmler GmbH & Co. Martinsried. Satz: Hissek Satz & EDV, Konstanz
Gesetzt in der Bauer Bodoni, 16 Punkt
Druck: Proost N.V., Turnhout
ISBN 3 314 00290 4

8. Auflage 1993

Heute war ein besonderer Tag für Lars, den kleinen Eisbären. Zum ersten
Mal durfte er mit seinem Vater aufs große Eis hinaus, bis zum Meer.
Lars lebte mit seinen Eltern am Nordpol, mitten in Schnee und Eis.
An diesem Morgen war die Welt um ihn herum so weiß wie sein Fell.
Es schneite.

Gegen Mittag kamen sie zum Meer. Blau und endlos lag es vor ihnen.
»Bleib hier und schau gut, wie ich schwimme!« sagte Vater Eisbär und
sprang ins kalte Wasser. Mehrmals schwamm er hin und her. Dann plötzlich
tauchte er unter. Lars sah ihn lange nicht mehr. Es wurde ihm etwas bange.
Doch da tauchte der Vater wieder auf, mit einem schönen, großen Fisch!
»Komm, das ist unser Nachtessen«, sagte Vater Eisbär und biß den Fisch in
zwei Teile.

Nachdem sie gefressen hatten, war es Zeit zum Schlafen.

»Lars, jetzt mußt du einen Schneehügel machen, um dich vor dem kalten
Wind zu schützen«, sagte Vater Eisbär. Beide schoben Schnee vor sich her,
bis jeder seinen Schneehaufen errichtet hatte.

Lars war stolz auf seinen eigenen Schlafhügel und kuschelte sich zufrieden
an den Schnee. So schliefen sie bald ein.

Als Lars aufwachte, war es schon Tag. Er erschrak: nichts als Wasser um ihn! Er war ganz allein mitten im Meer! Allein auf einer kleinen Eisinsel mit dem kleinen Schneehaufen.

Wo war sein Vater? Lars kam sich unendlich verlassen vor.

Er spürte eine seltsame Wärme und merkte bald, daß seine Eisscholle immer kleiner wurde. Da entdeckte er ein großes Faß, das auf ihn zutrieb. Wie gut, daß sein Vater ihm gezeigt hatte, wie man schwimmt! Mutig sprang er ins Wasser und paddelte zum Faß. Er zog sich hoch und hielt sich fest, denn ein heftiger Wind kam auf. Lars schaukelte mit den Wellen.

Als der Wind sich legte, trieb Lars lange auf dem Meer dahin. Es wurde immer heller und wärmer. Plötzlich sah er Land vor sich. Grünes Land! Lars staunte. Das war nicht sein weißes Zuhause! Wo war er nur hingekommen? Vorsichtig rutschte Lars vom Faß und patschte durch das seichte Wasser zum Ufer.

Lars taten die Pfoten weh, als er über den heißen Sand lief. Er sehnte sich nach Schnee und Eis. Er kehrte um, weil er seine Pfoten im Wasser kühlen wollte. Da tauchte vor ihm ein riesiges Tier auf. »Buuuuuh!« machte es. Lars rannte weg.

»Halt, halt! Ich mache doch nur Spaß!« rief das große Tier. »Ich bin Hippo, das Flußpferd. Wer bist du? Warum bist du so weiß?«
Die letzte Frage konnte Lars nicht beantworten. »Da, wo ich herkomme, ist einfach alles weiß!«
Er hatte nun keine Angst mehr vor Hippo und erzählte ihm von seiner weiten Reise. »Ich würde gerne wieder nach Hause gehen«, sagte er am Ende.

Hippo überlegte nicht lange. »Der einzige, der dir helfen kann, ist Drago, der Adler. Er ist weit in der Welt herumgekommen und wird schon wissen, woher du kommst und wie du wieder zurückkehren kannst«, erklärte er. »Komm, wir müssen über den Fluß und dann in die Berge hinauf.«
»Ich kann – weißt du, ich kann noch nicht gut schwimmen«, stotterte Lars.
»Kein Problem!« lachte Hippo, »setz dich auf meinen Rücken, ich gehe bestimmt nicht unter!«

Am anderen Ufer bestaunte Lars die Bäume und Sträucher, das Gras und die
Blumen. Eine seltsame Welt! So viele Farben! Er begegnete einem komi-
schen grünen Tier, das plötzlich weiß wurde. Weiß wie Lars.
»Ein Chamäleon«, erklärte Hippo. »Es kann seine Farbe wechseln.«
Lars fand das sehr praktisch.

Dann kamen sie zu den Bergen. Hier war es nicht mehr so heiß, und Lars
fühlte sich viel wohler.
Für das Flußpferd war das Klettern jedoch nicht einfach. Lars half ihm und
zeigte ihm die Stellen, wo es seine Füße hinsetzen konnte.

»Das ist genug für heute!« seufzte Hippo erschöpft. »Laß uns hier ausruhen,
es ist ein schöner Platz.«
Sie schauten weit über Land und Meer. Lars bekam Heimweh.

Am nächsten Tag stiegen sie höher. Hippo mußte immer wieder eine Pause
machen und Atem schöpfen. Er hielt ständig nach Drago Ausschau.
»Dort kommt er!« rief er endlich. Lars duckte sich vor dem großen,
unbekannten Vogel.
»Guten Tag, Drago!« begrüßte Hippo freundlich den Adler, als er landete.
Dann erklärte er kurz, warum er mit Lars hierher gekommen war.

Drago schaute Lars an. »Schaut, schaut, ein Eisbär in Afrika! Du bist weit weg von zu Hause, mein Kleiner. Aber ich kenne einen Wal, der reist zwischen hier und dem Nordpol hin und her. Er wird dich mitnehmen. Erwartet mich und Orka morgen in der Bucht.«

»Vielen, vielen Dank!« sagte Lars. Dann gingen sie wieder den Berg hinunter. Lars lief leichtfüßig voraus, die Freude auf die Heimreise trieb ihn an. Hippo stapfte hinterher. Sein Herz war schwer.

Früh am nächsten Morgen trafen sie Drago und Orka in der Bucht.
Hippo freute sich, daß Lars nun nach Hause konnte. Aber die Trennung
von seinem kleinen Freund fiel ihm schwer. »Leb wohl denn –« war alles,
was er sagen konnte.
»Tausend Dank für alles, lieber Hippo!« rief Lars, als er schon auf dem Wal
saß. Drago flog ein Stück weit mit.
Hippo blieb allein zurück. Er saß noch lange am Strand, als Lars schon nicht
mehr zu sehen war.

»Hier ungefähr müßtest du zu Hause sein«, sagte Orka, als sie zu den großen
Eisbergen kamen. Im selben Augenblick rief Lars: »Dort ist mein Vater!
Vater! Vater! Hier bin ich!« Vater Eisbär traute seinen Augen nicht!
Da war Lars, auf dem Rücken eines Wals!

Obwohl Vater Eisbär sehr müde war von der langen Suche nach Lars,
machte er sich gleich daran, einen schönen, großen Fisch für Orka zu
fangen. Der Wal dankte und schwamm gleich wieder zurück.
»Jetzt«, sagte Vater Bär, »gehen wir schnell nach Hause zu deiner Mutter!«

Lars durfte auf Vaters Rücken sitzen. Er konnte sich im struppigen Fell gut festhalten. Bei Hippo war es sehr rutschig gewesen.

Sie gingen über das große Eis zurück. Alles war weiß und kalt. Lars fühlte sich wohl.

Als sie das letzte Mal diesen Weg gegangen waren, hatte Vater Eisbär seinem kleinen Sohn vieles erklärt. Nun war es Lars, der redete und redete.

Er erzählte von Dingen, die sein Vater noch nie gesehen hatte.

»Und niemand ist dort weiß gewesen? Gar niemand?« fragte Vater Eisbär erstaunt.

»Nein, niemand, außer einem Chamäleon. Aber das zählt nicht«, sagte Lars und lachte.

Vater Eisbär verstand nicht, worüber Lars lachte, aber er war glücklich, Lars wieder bei sich zu haben.